Rheingauner

Episoden aus dem Rheingau

Gedichte:
Eberhard Kunkel

Zeichnungen:
Michael Apitz

Texte:
Patrick Kunkel

1. Auflage: März 1998

Telefon 0 61 23/99 00 70 · Telefax 0 61 23/99 00 71
ISBN 3-925771-23-9

Zu Kiedrich auf dem Scharfenstein
da wohnt, nicht weit entfernt vom Rhein,
ein Gauner ganz besondrer Art,
der hat des Rheingaus Herz bewahrt.
Weil er sich stets zum Rhein bekannt,
ward er der Rheingauner genannt.

Der Korkenzieher

*Wohltäter, die da glauben, sie
allein nur wüßten immer, wie
man alle Menschen glücklich macht,
den einzelnen mal außer acht
gelassen, sind ganz schlimme Herren,
wenn sich die einzelnen mal sperren
und lieber hegen ihr Behagen,
ganz ohne andere zu fragen.*

So wie der Rheingauner. Drum stiegen
drei solche Helden im Verein,
den Gauner kräftig zu bekriegen,
bewaffnet auf zum Scharfenstein.

Der Gauner hat in kühnem Bogen
sogleich den Korkenzieh'r gezogen.

Er bohrt' ihn fest wie eine Zecke
hinein in die gefällte Lanze

und schwang den ersten wie zum Tanze
hoch über die Ligusterhecke.
So warf er ihn gleich aus dem Haus.
Der wollt' schon immer hoch hinaus.

Dem zweiten bohrt' er dann zum Spaße
den Korkenzieher in die Nase
und dreht ihn flugs als schnelle Spindel.
Da konnt' der ganz umsonst den Schwindel,
dem er so gern sich hingegeben,
einmal am eignen Leib erleben.

Der dritte nahm das nicht als Scherz,
den faßt er nur noch hinterwärts
und hat den Rockschoß ihm durchstochen,
als er vergrämt davongekrochen.

*Der Gauner führt dann mit Genuß
den Kampf zu folgendem Beschluß:
„Für Freiheit“, sagt er, „muß man kämpfen
und alle ihre Feinde dämpfen,
besonders, wenn sie mit uns ringen,
um uns zu unsrem Glück zu zwingen.*

Drum trag ich gradeso wie früher
im Gürtel meinen Korkenzieher.
Als Flaschenöffner schon verehrlich
ist er als Waffe unentbehrlich.
Nur er kann, wie ich heut' erfahren,
die Freiheit wirksam mir bewahren!"

Im Freiheitsrausch ist da der Orden
zum Korkenzieh'r gegründet worden.

KLOSTER EBERBACH

*Der Rheingauner ist einer, der
den Rheingau kennt. So gut wie er
weiß keiner, alles zu erklären
und fremde Gäste zu belehren.*

*Er führt ins frühe Eberbach,
erzählt vom großen Ungemach,
das einst Herrn Bernhard dort befallen
auf seinem frommen Erdenwallen.*

Das war Herr Bernhard von Clairvaux,
der suchte eine Stelle, wo
ein Kloster er könnt' gründen,
und konnte keine finden.

Da kam vom Walde ungestüm
ein dunkelgraues Ungetüm.
Ein Eber war's mit seinen Hauern,
der furcht' ihm für die Klostermauern
ins Wiesengrün den Gründungsriß.
Worauf Herr Bernhard sich befliß,
sein Kloster voller Gottvertrauen
auf diesen Furchen aufzubauen.

Die Mönche sangen Litanei,
als sie gehört, was sich begeben,
und haben später der Abtei,
weil auch ein heller Bach dabei,
den Namen Eberbach gegeben.

Das hat der Gauner froh berichtet
und die Historie belichtet.
Doch gleich kam so ein Mensch daher,
der meint, daß er viel klüger wär.

Der dünkte sich so schrecklich klug,
daß er die Klugheit nur ertrug,
wenn er mit wohlbedachten Lehren
Unwissenheiten konnte wehren.

Kloster
Eberbach

Der sagte, so wie er's verstände,
sei doch der Eber nur Legende
und folglich nicht historisch wahr.
Das sei heut' einem jeden klar!
Der Eber sei doch nur folklorisch
und besten Falles metaphorisch.
Er stehe wohl für Mut und Stärke,
die Bernhard brauchte zu dem Werke.

So werde in des Ebers Bild
'ne andre Wahrheit uns enthüllt.

Der Gauner hat nur mit Bedacht
die Klosterpforte aufgemacht.

Da kam vom Walde ungestüm
ein dunkelgraues Ungetüm
und schleppt' den Weisen mit den Hauern
rings hin um alle Klostermauern
und warf ihn schließlich in den Bach.
Er schrie laut auf vor Ungemach.

Da sprach der Gauner wundermild:
„Mein Lieber, das ist halb so wild!
Das ist doch alles nur folklorisch
und besten Falles metaphorisch
und zeigt uns schön die Harmonie
der Praxis mit der Theorie.“

Geographieunterricht

Zu Wicker auf der hohen Warte,
wo früher man des Feindes harrte,
stand sommers oft in aller Früh'
der Rheingauner und gab sich Müh',
der Sonne ersten Strahl zu sehen.

*Er wandte sich gemach zum Gehen,
wenn sie mit ihrem Rosenfinger
zum Weinberg leuchtete. Dann ging er
nach Hochheim zu. Er blieb nicht dort,
ging nach Kastel und weiter fort
im Sonnenlicht hinab den Main,
bis wo er mündet in den Rhein.*

Rheinabwärts dann, wo an den Hängen
sich all' die Rheingauorte drängen,
ging er nach Westen stets im Scheine
der Sonne, immer nah' dem Rheine,
nicht ohne manchmal gut zu schmausen,
und endet abends in Lorchhausen.

Ein Freund, der wollte gern erfahren,
wozu dies seltsame Gebaren
ihm nützlich sei, und hat gefragt.
Da hat der Rheingauner gesagt:

„Damit erfüll' ich mir mein Sehnen,
die Sonnentage auszudehnen,
und muß dazu, wer kann es fassen,
den Rheingau nicht einmal verlassen.

Ich nutze nur den Sonnenlauf
für dieses kleine Wunder.
In Wicker geht sie früher auf
und in Lorchhausen später unter!"

Flugstunde in Rüdesheim

Der stille Platz, den er gefunden
in seinen kargen Mußestunden,
hoch an dem Niederwald gelegen,
käm' seinen Wünschen sehr entgegen.
Dort, meint der Gauner, wollt' er eben
leicht in die Lüfte sich erheben,
durch die 'gesegneten Gebreiten'
auf wachsverstärkten Schwingen gleiten.

*Daß er getrost nach oben flöge,
wenn ihn sein Herz dazu bewöge,
und tiefer glitte, wenn sein Herz
ihn einmal zöge niederwärts.
Von oben möchte er dem Rhein
gleich ferner und doch näher sein.*

Da denkt er traurig der Gefahren,
die Ikarus so tödlich waren.
Er hat es bei Ovid gelesen.
Die Sonne sei zu heiß gewesen.
Tief unten sei das Wasser naß,
im Rheine beispielsweis', sodaß
die Schwingen, die sich voll dort saugen,
zum Fliegen nicht mehr täten taugen.

Da hat er wieder ein Problem,
doch diesmal löst er's ganz bequem.
Sein ganzer Leib muß sich ja nicht
gleich aufwärts schwingen in das Licht.
Es braucht doch nur sein Geist zu sein,
und den erhebet schon der Wein.

So darf er nur den Riesling trinken
und kann schon bald von oben winken.
Der Rheingauner wird so zum Schluß
noch ein moderner Dädalus.

Am Niederwald hat ihm die Welt
dankbar ein Denkmal hingestellt.
Wenn dieses auch ganz anders scheint,
weiß doch jetzt jeder, was gemeint.

Das Denkmal am Niederwald

Die Flugstunde des Rheingauners auf dem Niederwald, wo das große Nationaldenkmal steht, ist uns leider durch keine historische Quelle schriftlich belegt. Unser Gewährsmann ist allein der Rheingauner, der uns von seinem Abenteuer persönlich berichtet hat, angeregt vielleicht von den vielen Flügeln, die an dem Denkmal dort zu sehen sind. Zwei riesige Engelsgestalten tragen Flügel, der Sitz, vor dem die Germania, die Figur auf dem Denkmal, sich empor reckt, hat Flügel, und selbst das wehende Haar der Germania sieht flügelhaft aus. Nur das Gewicht der 640 Zentner schweren Dame verhindert, daß sich das Monument in die Lüfte erhebt.
So steht auch heute noch auf dem Niederwald über der Stadt Rüdesheim am Rhein das Niederwalddenkmal, oft einfach nur „Germania" genannt.

Den Grundstein zu diesem Denkmal legte Kaiser Wilhelm I. am 16. September 1877. Eingeweiht wurde es schließlich am 28. September 1883.
Kaiser Wilhelm I. und alle Fürsten des geeinten Reiches waren höchstpersönlich angereist, um der Zeremonie beizuwohnen. Die Einweihung fand bei strömendem Regen statt, der zwar alle Festgäste kräftig durchnäßte, aber auch die Zündschnur einer Bombe unbrauchbar machte, mit der Anarchisten ein Attentat auf den Kaiser verüben wollten. So blieben alle unversehrt, die Bombe, der Kaiser mit seinem Gefolge und auch die Germania auf

Das Niederwalddenkmal über Rüdesheim am Rhein ▶
Fotografie um 1930.
Stadtarchiv Rüdesheim am Rhein.

ihrem mächtigen Flügelsessel. Den drei Attentätern erging es da schlechter: Sie wurden gefaßt; zwei von ihnen wurden hingerichtet und der dritte zu lebenslänglicher Gefängnishaft verurteilt.

Zur Entwicklung des Fremdenverkehrs der Stadt Rüdesheim zu Beginn dieses Jahrhunderts hat das Niederwalddenkmal sicherlich einen großen Beitrag geleistet.
Noch heute spült der Urlaubsstrom in den Ferienzeiten tagtäglich viele Menschen hinauf auf den Niederwald. Auf dem Plateau und um das Denkmal herum gehen die Besucher spazieren und genießen einen wunderschönen Ausblick auf das weite Rheintal zu ihrer Linken, auf Rüdesheim und das linksrheinische Bingen, die Nahemündung und die Rheinenge, das „Binger Loch", zu ihren Füßen.

So ein bißchen ist die Germania ja schon zu bedauern.
Sie kann zwar auch jeden Tag den schönen Ausblick genießen, muß aber standhaft bleiben und in ihrer Hand immer die Reichskrone festhalten. Auf ein Glas Wein muß sie verzichten.
Der Rheingauner meint, es müsse sich doch ein gutherziger Spender finden lassen, der ihr zumindest einen gußeisernen Kelch spendiere...

Das Zisterzienserkloster Eberbach und der hl. Bernhard von Clairvaux

Der Rheingauner, der gelegentlich Besucher durch seine Heimat, den Rheingau, fährt, bringt diesen die Geschichte des alten Zisterzienserklosters Eberbach näher, auf die wir an dieser Stelle auch zurückblicken wollen:
Die Geschichte Eberbachs ist eng mit der Person des hl. Bernhards von Clairvaux verknüpft.
Der heilige Bernhard von Clairvaux (um 1090 - 1153) gehört sicherlich zu den wichtigsten Gestalten des späten Mittelalters.

Kloster Eberbach im Rheingau. Stahlstich von J. Jeavons (1838).

Im Jahre 1112 trat Bernhard gemeinsam mit dreißig Verwandten der jungen Zisterziensergemeinschaft von Citeaux bei. Drei Jahre später entsandte ihn Abt Stephan Harding mit einer Gruppe von Mönchen nach Clairvaux, um dort ein neues Zisterzienserkloster zu gründen. Bis zu seinem Tode blieb Bernhard der Abt des Klosters Clairvaux.
Bernhards Einsatz, seine Beredsamkeit, sein Charisma und seine umfangreiche publizistische Tätigkeit machten den Zisterzienserorden schnell bekannt und sorgten für die enorme Ausbreitung des Ordens. Bis zum Tode Bernhards im Jahre 1153 waren in Europa 344 Zisterzienserklöster entstanden. Dieser „Aufstieg“ der Zisterzienser ist ein bedeutendes Ereignis der europäischen Geschichte des 12. Jahrhunderts gewesen.
Der Begriff „bernhardinisches Zeitalter“ für diese geschichtliche Epoche verdeutlicht die historische Bedeutung des hl. Bernhard.

Das Kloster Clairvaux in Burgund unter seinem Abt Bernhard war das geistige Zentrum der Zisterzienser, zu dem Eberbach als filia, als Tochter, in direkter Verbindung stand:
Eberbach ist neben Himmerod in der Eifel das einzige Tochterkloster des Klosters Clairvaux in Deutschland. 1136 kamen der spätere Abt Ruthard und 12 weitere Zisterziensermönche aus Clairvaux in das Kisselbachtal, um dort ein Kloster zu gründen. Der Mainzer Erzbischof Adalbert unterstützte die Zisterzienser in ihrem Vorhaben durch Besitzschenkungen und die Verleihung von Privilegien.
Schenkt man der Gründungslegende Glauben, dann war es der hl. Bernhard von Clairvaux persönlich, der zusammen mit dem damaligen Mainzer Erzbischof Adalbert I. (1110 - 1137) das etwas abgelegene Kisselbachtal im Rheingau aufsuchte.

Das Mönchsdormitorium im Kloster Eberbach. Der über 70 Meter lange Schlafsaal der Mönche wurde um 1270 erbaut. Foto: AK-Verlag GmbH

Ein wilder Eber soll plötzlich aus dem Wald gekommen sein und vor ihren Augen mit seinem Rüssel gleich einer Pflugschar den Boden aufgebrochen haben, um so den zukünftigen Klosterbezirk zu begrenzen.

Der Mönchsorden der Zisterzienser war aus einer Reformbewegung innerhalb der Benediktiner hervorgegangen. Die Zisterziensermönche wollten sich von der herrschaftlichen Lebensweise vieler Benediktinermönche absetzen. Ihr Ziel war die Rückbesinnung auf die „reine Regel" des heiligen Benedikts von Nursia (ca. 480 - 547), des Begründers des Benediktinerordens. Sie wollten nicht länger von der Arbeit der Knechte und Pächter leben, sondern ganz im Sinne des hl. Benedikts von ihrer eigenen Handarbeit; den Grund und Boden, den sie besaßen, wollten sie wieder selbst bearbeiten. In ihrer Ordensregel, der „Charta Caritatis", heißt es dazu: „Die Mönche unseres Ordens müssen von ihrer Hände Arbeit, Ackerbau und Viehzucht leben. Daher dürfen wir zum eigenen Gebrauch besitzen: Gewässer, Wälder, Weinberge, Wiesen, Äcker, sowie Tiere..."

Doch schon bald mußten die Zisterzienser ihre strengen wirtschaftlichen Grundsätze aufgeben und sich im Verlauf des 13. und 14. Jahrhunderts mehr und mehr der in ihrer Umwelt üblichen Wirtschaftsweise anpassen. Das zisterziensische Ideal der Armut vertrug sich aber nicht allzu gut mit dem wirtschaftlichen Elan der Zisterzienser. Die erwirtschafteten Gewinne ließen den Besitz der Klöster rapide ansteigen. Vor allem der Weinbau war es, der den Zisterziensern ihren Wohlstand bescherte.

Kloster Eberbach ist das Paradebeispiel für ein Zisterzienserkloster, das sich ganz dem Weinbau verschrieben hat. Eberbach wurde, immer unterstützt vom Mainzer Erzbischof als Landesherrn, das Wirtschaftszentrum des Rheingaus schlechthin, gestützt auf die gewinnbringende Weinwirtschaft. Die Mönche erzielten mit dem Verkauf ihrer Weine immense Gewinne. Eine eigene klösterliche Rheinflotte beförderte den von jeglichen Zollzahlungen befreiten Wein direkt zu den Weinmärkten der Städte, vor allem nach Köln, dem deutschen Weinhandelszentrum dieser Zeit. Im Verlauf des Bauernkriegs wurde das Kloster im Jahre 1525 von den Aufständischen des Rheingaus geplündert. Noch ärger kam es für die Eberbacher Mönche dann im Verlauf des Dreißigjährigen Krieges. Von 1632 bis 1635 mußten sie ihr Kloster verlassen, denn die Schweden besetzten den ganzen Rheingau, und König Gustav II. Adolf wies das Kloster seinem Kanzler Oxenstierna zu. Im Sommer 1635 vertrieb die katholische Liga die Schweden, und die Zisterzienser konnten zurückkehren. Gegen Ende des 17. Jahr-

hunderts hatte sich Eberbach wirtschaftlich dann wieder etwas erholt und erlebte im 18. Jahrhundert noch einmal eine wirtschaftliche Blütezeit, bevor die Koalitionskriege im Anschluß an die Französische Revolution den Niedergang Eberbachs herbeiführten. Am 18. September 1803 erließ Fürst Friedrich August von Nassau-Usingen das Aufhebungsdekret, und Abt Leonhard mußte mit seinen Brüdern das Kloster verlassen.
In der Zeit danach dienten die Gebäude des Klosters als Irrenanstalt, als Gefängnis, als Militärkrankenhaus und als Schule. Erst in den zwanziger Jahren unseres Jahrhunderts besann man sich wieder auf die Geschichte des Klosters und plante den Erhalt dieses Denkmals mittelalterlicher Baukunst. Erste Restaurierungsarbeiten begannen zwischen 1930 und 1938.
Heute beherbergt das ehemalige Kloster die hessische Staatsweinkellerei und gehört somit immer noch zu den Zentren des deutschen Weinbaus. In den alten, ehrwürdigen Räumen des Klosters finden viele Veranstaltungen rund um den Wein statt.
Der Rheingauner freut sich sehr darüber, daß derzeit die gesamte Klosteranlage umfassend restauriert wird.

Der Autor Eberhard Kunkel widmet das Gedicht dem Gedächtnis seines Freundes Viktor Przybilla, der Besucher immer sehr gedankenreich und schlagfertig durch Kloster Eberbach führte.

Die Weingrenzen des Rheingaus...

Der „Geographieunterricht“ führt den Rheingauner bei seiner Wanderung von der „Flörsheimer Warte“ bei Wicker, einem von vier ehemaligen Warttürmen der kurmainzischen „Kasteler Landwehr“, main-, bzw. rheinabwärts bis nach Lorchhausen. Und überall genießt er die Weine des Rheingaus.

„Wicker...?, gehört denn dieses Dorf überhaupt zum Rheingau?“, höre ich an dieser Stelle schon den einen oder anderen Leser erstaunt sagen. Es gehört! Dieses Rätsel ist einfach zu lösen. Das Gebiet des historischen, des alten kurmainzischen Rheingaus, über viele Jahrhunderte hindurch geschützt durch eine eigene Landwehr, das „Rheingauer Gebück“, umfaßt tatsächlich „nur“ das Gebiet zwischen Walluf und Lorchhausen. Aber aus weinbaulicher und weinrechtlicher Sicht umfaßt der Begriff „Rheingau“ seit dem Erlaß des Weingesetzes vom 14. Juli 1971 neben dem kurmainzischen Rheingau auch die Städte Wiesbaden, Hochheim und Flörsheim mit ihren Vororten. Die gemeinsame kurmainzische Vergangenheit aller Weinbauorte, die nassauische Stadt Wiesbaden selbst ausgenommen, aber auch der gleiche Weincharakter, rechtfertigen sicherlich diese gesetzliche Festlegung des „bestimmten Anbaugebietes Rheingau“. Wicker darf sich als östlichste Weinbaugemeinde des Anbaugebietes Rheingau also zurecht „Tor zum Rheingau“ nennen. Die verschiedenen Grenzen betreffend spricht Dr. Josef Staab (1970) sicherlich zu Recht von einem „historisch-geographisch-politischen Gestrüpp“, von dem man sich nicht abschrecken lassen sollte.

Der Rheingauner und sicherlich mit ihm gemeinsam viele Weinfreunde, freuen sich über diese „Weingrenzen“ des Rheingaus, denn Weinqualität muß sich nicht an politische Grenzen halten.

In Anlehnung an die Stadt Hochheim wird im englischsprachigen Raum noch heute oftmals der Name „Hock“ synonym für Rheinwein verwandt. Dieser Begriff tauchte 1625 erstmals in England auf. Als Reminiszenz an den Begriff „Hock“ und die weinbauliche Bedeutung der Stadt Hochheim möchten wir auch das Auftauchen einer glühenden Verehrerin des „Hock“ in diesem Rheingauner-Buch verstanden wissen: Auf Seite 37 nimmt der Rheingauner die Gelegenheit gerne war, der englischen Königin Victoria einen schönen Tag zu wünschen. Im Jahre 1850 aß Queen Victoria bei ihrem Deutschlandbesuch reife Trauben aus der Hochheimer Weinlage „Dechantenruhe“. Auf Drängen des damaligen Besitzers verlieh die Queen diesem Weinberg wenig später den Namen „Königin Victoriaberg“. 1854 wurde ein Victoria-Denkmal in diesem Weinberg errichtet.

Hochheim am Main. Stahlstich von J. Umbach (1845).

Der Rheingau mit seinen Vororten Mainz und W

● *Behausung des Rheingauners.*

● *Schauplätze seiner Taten in diesem Band.*

den, das Verbreitungsgebiet des Rheingauners*

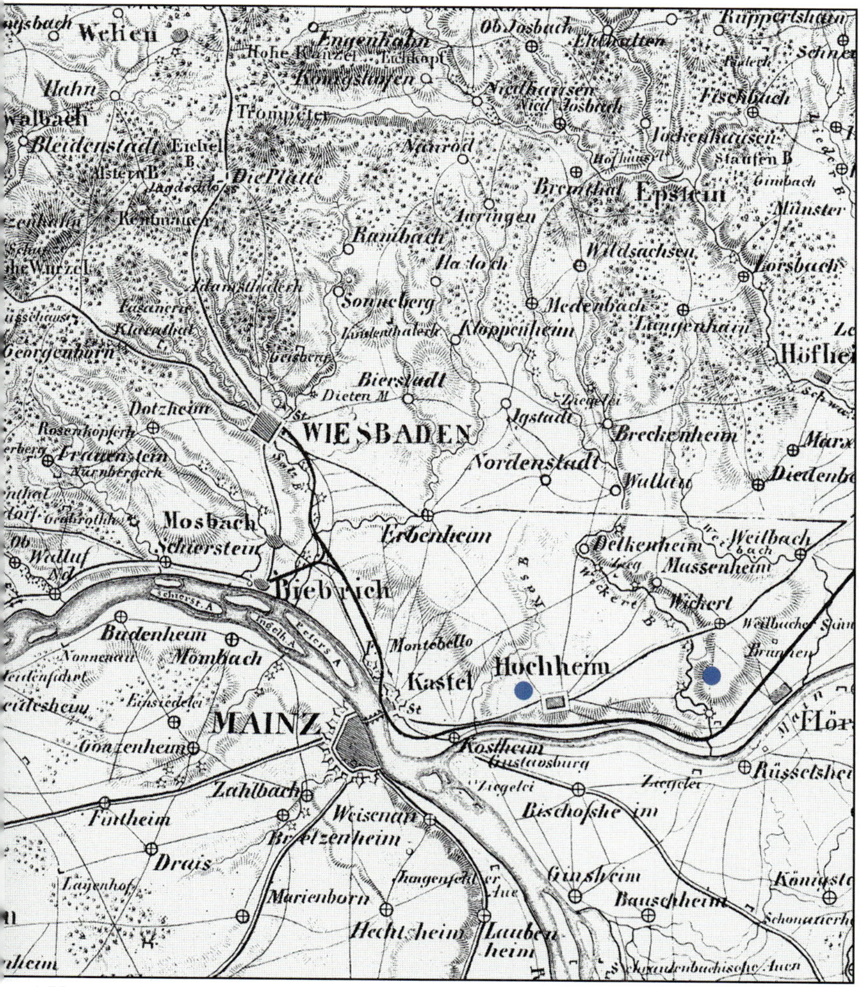

Ausschnitt einer historischen Karte aus dem Jahre 1840

* Vereinzelt wird der Rheingauner auch in der Frankfurter „Freßgass´" gesichtet.

„Rheingau verpflichtet!“

Der „Rheingauner“ ist ein lebendiges Stück Rheingauer Geschichte. Wer mehr über ihn erfahren möchte, sollte auch das erste „Rheingauner“-Buch von Apitz und Kunkel mit Episoden aus dem Leben des „Rheingauners“ lesen.
Wer sich als „Rheingauner“ bekennen will, auf den warten im „Rheingauner“-Programm des AK-Verlags T-Shirts, Sweat-Shirts, Poster, Postkarten, Kappen und ein „Rheingauner“-Korkenzieher für den Gürtel…

KARL
Ein Comic macht Geschichte!

Karl ist ein Comic-Held!
Als „Spätlesereiter“ wurde er bekannt.
Die Geschichte von der Entdeckung der Spätlese im Jahre 1775 ist sein erstes Comic-Abenteuer gewesen.
Mittlerweile hat er bereits acht Abenteuer erfolgreich bestanden und seinen Ruf als Comic-Held gefestigt.

Auf Wunsch senden wir Ihnen unser komplettes Verlagsprogramm zu!

AK-Verlag GmbH · Hauptstraße 65a · 65396 Walluf
Tel.: 0 61 23/99 00 70 · Fax: 0 61 23/99 00 71